Je choisis un ami

Diane Namm

Illustrations de Maribel Suárez

Texte français de Dominique Chichera

Éditions
SCHOLASTIC

Catalogage avant publication de Bibliothèque et Archives Canada

Namm, Diane
Je choisis un ami / Diane Namm; illustrations de Maribel Suárez;
texte français de Dominique Chichera.

(Je veux lire)
Traduction de : Pick a Pet.
Public cible : Pour les 3-6 ans.
ISBN 0-439-94205-5

I. Suárez, Maribel, 1952-   II. Chichera, Dominique
III. Titre.   IV. Collection : Je veux lire (Toronto, Ont.)

PZ23.N37Je 2006   j813'.54   C2006-902956-3

Édition publiée par les Éditions Scholastic, 604, rue King Ouest, Toronto (Ontario) M5V 1E1.

5 4 3 2 1   Imprimé au Canada   06 07 08 09

Note à l'intention des parents et des enseignants

Dès que l'enfant sait reconnaître les 55 mots utilisés
pour raconter cette histoire, il peut lire le livre en entier.
Ces 55 mots apparaissent tout au long de l'histoire pour que
les jeunes lecteurs puissent facilement les retrouver
et comprendre leur signification.

acheter	choisir	les	poussin
aime	cochonnet	lequel	quel
ami	compagnie	lion	sera
amusant	de	mais	seulement
animal	encore	me	singe
aussi	est	mien	sont
avoir	faut	mon	souris
beaucoup	gratuit	ou	tant
beaux	hilarant	panda	tous
bébé	il	peut-être	très
ce	ils	peux	un
chat	je	plaît	une
chats	là	poisson	vais
chaton	le	poney	

Je peux choisir un ami,
mais un seulement.

Un singe, c'est hilarant.

Je peux choisir un bébé panda?

Ou encore, ce lion-là?

Choisir un animal de compagnie
est amusant!

Ce poney me plaît tant.

Ce cochonnet sera peut-être le mien.

Je peux aussi choisir un poussin.

Lequel sera mon ami?

ANIMALERIE

Je peux avoir un poisson gratuit.

24

Je peux acheter une souris?

chats pour enfants

chats pour enfants

J'aime beaucoup les chats aussi!

Quel chat vais-je choisir?

Ils sont tous beaux.

Un chaton est l'ami qu'il me faut!

JE VEUX LIRE

Des monstres!

Il faut ranger

Je choisis un ami

Je sais lire

Je suis le roi!

Je suis malade

Je suis une princesse

Le nouveau bébé

Ma citrouille

Ma nouvelle ville

Mes camions

Mon gâteau d'anniversaire